KB145615

사랑 날 그리다

김서곤 시집

시음사
시사랑음악사랑

글쟁이에서 시인으로 다시 태어난 김서곤

문학인이 글을 쓸 때는 지성을 기반으로 하는 정서적, 신비적 이미지로 자신을 들어내는 일이면서도 독자로 하여금 공감대를 형성하는 일이다. 소설가, 수필가처럼 장문의 글을 먼저 접한 시인에게서 흔히 볼 수 있는 현상은 장문의 글을 쓴다는 점이다. 설명하려 하고 스토리를 만들려 하는 것이 특징이다. 추상성이 적절히 가미된 모더니즘적 수법으로 인간에 대한 애정의 표현을 시대에 맞게 표현해내는 시인은 흔치가 않다. 간결하고 감각적인 조사와 신선미 넘치는 이미저리의 서술 기법으로 자연의 섭리와 인간 내면의 세계를 상징적으로 조화시켜 놓은 작품들을 보여주려 노력하는 김서곤 시인과 만남은 축복이다.

김서곤 시인의 작품을 정독하다 보면 열두 자 우물 속만큼이나 깊다는 것을 알 수 있다. 그것은 자신이 던져 놓은 화자 "話者"에 충실한 표현을 함으로써 삶의 성찰과 사색이 무시로 등장하는 작품을 만들어 낼 수 있었을 것이다. 또한, 김서곤 시인은 시를 쓸 때 시간 속에서 존재한다. 순간의 시간에 느낌을 시인이 던져놓은 이미저리 "imagery" 안에서 자신의 존재를 발견하면서 또 다른 자아를 스토리텔링 "Storytelling" 할 수 있는 기회가 있다는 것을 시인은 독자에게 보여주려 하고 있다.

김서곤 시인은 30년을 넘게 대하소설, 장편소설 등을 집필해온 무협지를 즐겨 읽는 사람이라면 다 알만한 작가이다. 3백 편이 넘는 작품에 1500권을 집필한 우리 시대에 진정한 글쟁이인 그가 이제 시인이라는 이름표를 달고 첫 시집 "사랑 날 그리다"을 들고 독자를 다시 찾아왔다. 김서곤 시인은 "多才多能"이란 단어가 참 잘 어울리는 시인이다. 조직화한 언어로 재현하는 세상과의 소통. 현재와 과거의 연계성을 예술적 감각으로 잘 보여주고 있는지를 독자와 함께 감상할 기회를 가져보자, 그 많은 소설을 쓴 작가가 쓴 詩는 어떤 작품일까 궁금증을 유발하기에 기대감으로 "사랑 날 그리다" 시집을 추천한다.

사단법인 창작문학예술인협의회 이사장 김락호

시인의 말

안녕하십니까?

십 수년 만에 내 안의 혼을 태운
아름다운 시집을 출간하게 되어
심장이 터질 듯이 벅차오름을
감출 수가 없습니다

지난 삼십 년 세월
화려한 청춘의 시기에 무협소설 작가와 만화 스토리 작가
로 왕성한 작품 활동을 해 오는 동안
나름 쌓아 온 깊은 고뇌와 감성으로
사랑과 행복을 표현해 어렵게
선보이게 되었습니다

오랜 시간에 걸쳐 부딪혀 온 삶의
무게로
수많은 불면의 시간과 싸우며 잉태한
가슴 따뜻한 시인의 감성으로
사랑하는 가족과 지인들에게 고마운
마음을 전합니다
감사합니다.

시인 **김서곤**

♣ 목차

QR 코드

스마트폰으로 QR 코드를 스캔하면
시낭송을 감상할 수 있습니다.

제목 : 키스의 맹세

시낭송 : 최명자

♣ 목차

♣ 목차

QR 코드

스마트폰으로 QR 코드를 스캔하면
시낭송을 감상할 수 있습니다.

제목 : 사랑 날 그리다

시낭송 : 박영애

♣ 목차

당신의 미소

이녁 신디 거구정 허여신디
경안해도 잘도 으납쪈 왁왁 허우다

희여뜩허고 호꼼씩 가구정 허여신디
이녁 몬처 가심에 솔째기 들어왕

멘도롱 홀때 호록록 들이싸 붑써
나 소랑이 고장 잎생기로 다려수다

내미는 차 한잔,
난 그만 귀 눈이 왁왁해 소로록

찻잔 속에
주저앉고 말았네.

제주어

8

당신의 미소

당신께 가려고 했는데
짙은 안개로 앞이 안 보여요

정신이 어지러워 조금씩 가려 했는데
당신이 먼저 가슴에 슬그머니 들어와

따뜻할 때 후루룩 마시세요
제 사랑의 꽃잎으로 다렸네요

내미는 차 한잔,
난 그만 눈앞이 캄캄해져

찻잔 속에
주저앉고 말았네.

표준어

가을이 가는 그곳엔

네가 가는 그곳에 널 기다리는
쓸쓸한 나그네는
타인의 찻잔,

외로운 이야기와
잊었던 그리움의 빛바랜 숙녀

술 한잔 기울려도 좋을
앞뜰의 언약이기에
춘몽 같은 비밀을 꿈꾸는
그녀 눈동자,

눈 속의 매화.

사랑: 봄

그녀가

오는 모양이다

꽝꽝 언 강이

소리 없는 우레에 깨지고

별이 날아와

햇볕에 등목한다

새들은

아가씨 잠 깨우려

귓가에 속삭이고

얼쩡거리는 매화

손편지 쓴다

나, 화장해도 좋은가요?

불의 찬미

네게,
나의 존재는 옷깃 스치는 인연의 먼지
하나였으면 좋겠다
나의 존재는 특별하지 않지만, 내일의
아름다운 순간 중 하나였으면 좋겠다
나의 존재는 또, 그대 커피잔에 머무는
절대로 모나지 않는 향기였으면 좋겠다
내게 넌 그런 사람이다
내게 넌 그리움이고 추억이며 처음이다
그리고 내게 그대는, 석양의 애인이고
새벽의 처녀 눈물이다
애인아, 마음으로 네게 가고 눈으로
네 두 발이 되리라
애인아, 그러나 꽃으로 내게 기대지 마라
연약함에도 찢기고 부서짐을 볼 수 없으니
나는 죽기로 거부한다
애인아, 넌 다만 도르르 말려 연분홍으로 설레거라
오늘의 평범한 기억이, 사랑하고
싸우고 미워하고 아파했던 물과 같던
떨림과 혼돈이
생의 마지막 종착에서도 특별함으로
파도치기 원한다

애인아, 나 죽어 네 집

동쪽 울타리 아래 나팔꽃으로 피리라

아침에 곱게 피어 네 얼굴 한 번 보고

한낮이면 미련 없이 지리라

애인아, 달로 하늘 높이 떠서 호수에

일렁이는 별 그림자 보내리라

눈 속에 홀로 피어 향기 맑고 그윽한

네 눈부심에 취해

밤새 꿈만 꾸리라

내게 넌 그런 사람이다

내게 넌 유일한 평범이고 술잔 함께 드는

특별한 서리 비낀 단풍이다

네 웃음으로

사랑하고, 또 사랑하는 바보와 같은

내 마음을 하얗게 태워다오

오늘도 내일도 또 그 다음 내일에도

재가 된다 해도

오직 너만을 위한 불꽃이면 좋겠다

애인아.

행복 1

행복은
멀리 있지 않고
늘 가까이 있습니다
앞만 보면 보이지 않습니다

행복은
네 잎 클로버가 아니라
세 잎 클로버입니다
지천으로 널린 불변의 공유입니다

행복은
지키기 어렵고
버리기 쉽습니다
정말 사소한 일로 잃어버립니다

관심과 사랑으로
가꾼 꽃은
언제나 빛나고 향기롭습니다
행복은 그렇게 시작합니다

계절은

바꾸어도

때를 알아 오고 가니

행복은 진실과 배려로 익어갑니다

마음과 사랑으로

견고하게 박힌 대못은

뉴턴의 3 법칙에도 흔들림 없으니

행복은 매일매일 뜨는 태양입니다.

아름다운 평범

그래
이게 사랑이구나

달콤한 꽃 향기에
나비가 날아들었네.

그래
이게 정이로구나

미워도
다시 한 번.

추억

꽃을 보러 가는

발 끝에

툭!

차였다

누군가 버린

빨간색 삐삐

나도 좀 봐달라고.

사랑: 여름

설국[雪國]의

아침으로

당신을

초대합니다

따듯한 커피 한잔

어떤가요?

수다

내 조국의 땅을
가로지르고
세로로
종단하고 횡단하며

거친 길을 걷고 또 걷는,
홀연 멈추는
두 발을 내려다본다
수고한다, 수고했다

괴롭겠지
좁은 공간 속에서
매일 25㎞를 걸으니
그 고통이야 말해 무엇하겠느냐만

묵묵히
높은 구름의 고개 넘고
의젓하게 꽃잎에 앉은
나비 한 마리 피하며 걷는다

약간은 못난 주인에게
정겨움으로

자박자박.

흔적

깨어진 심장에
은행잎 떨어진다
그대라는, 눈부신 아침
흔적은 없다

햇빛 내리는
언덕길
외출하는 노병의 손에
부러진 지팡이가 들려있다

당황스럽게도
갈라지는 들판은 텅 비고
노을이 느릿느릿 걸어와
길을 매장한다

오늘의 앙상함은
기쁨과 슬픔이 머물다 간
묵묵한 세월 위로,
한밤중 저무는 튤립의 노래로,

누군가를 또
은은하게 사랑할 수 있을까
굽이치는 백합의 순결을 위해
기도할 수 있을까

흔적은 없다
무너지는 어둠 밖에서
이글거리는 정겨운 사랑 안에서
무수한 별들로 잠들었다

하나의 봄으로,
하나의 여름으로,
하나의 가을로,
하나의 겨울로,

내가 버린 시간은 멍석에 돌돌 말리고.

행복 2

눈을 떠보세요
영롱한 햇살 아래
구름과 비와 꽃이
서로 보듬어 아껴주고 감싸 안고
다정하게 즐겁게
손 잡고 입 맞추며
맑은 웃음으로 무지개 그리는
아름다운 사랑이 보이시나요.

귀를 열어 보세요
싱그러운 바람 타고
티 없이 맑은 아이의 웃음소리,
교회 종소리, 산사의 풍경소리,
푸른 대나무 숲 종달새 노랫소리,
잎새 하나 물고 졸졸졸 흐르는
계곡 물소리
얼마나 행복한지 들리시나요.

사랑은 거창하지 않습니다
행복은 멀리 있지 않습니다

사랑은
헬 수없는 밤하늘의 별과 같습니다
당신의 사랑은 그 별 중 하나입니다

행복은
헬 수없는 꿈들입니다
당신의 행복은 그 꿈 중 하나입니다

사랑과 행복은
약속된 시간만 허락합니다
더 늦기 전에 별을, 꿈을 찾으세요.

약속

...그럼에도 한사코 길을 나섰다
지난 20년을 늘 그래왔던 것처럼

정오의 태양은 강렬했다
그녀가 하루 중 가장 좋아하는 시간이다
햇빛이 강해야 눈부심을 핑계로 주름살을 외면해도 자연
스러울 테니까
꽃무늬 양산 속 흰 얼굴에도 어느덧
세월의 원망이 얽히고설키어 눈물의
고랑으로 자리 잡고 있다

7월의 마로니에공원에는 단풍이 없다
가을은 아직 오지 않았다
그녀는 늘 단풍보다 먼저와 그 사람을
기다린다

아네모네는 백일홍의 화려한 유혹에
시선을 고정한 채 무표정하다
사랑은 그녀의 존재고, 근본이며, 사악하지 않은 원인이다
진한 화장은 아직 오지 않는 그 사람에 대한 예의이고 유행
에 뒤떨어진 낡은 꽃무늬 양산은 숙녀의 유일한 자존심이
며 지난 20년의 기다림은 부서지지 않을 사랑의 신뢰이다.

"널 향한 내 사랑은 꽃보다 더 여리고
섬세하다. 공기 같은 숙녀 아네모네,
날 기다려 주겠어, 일 년만?"

아직 오지 않고 있는 그를 기다리는 이 순간이 지금도 너무
벅차 눈물이 난다
아네모네는 사랑하기에 기다려야 한다는 신념을 한 번도
의심하지 않았다
그녀를 두렵게 하는 것은 그 흔한 이별이 아니다
으스러지게 고운 젊음이 속절없이
무너져감도 아니다

...그렇게 밤이 이슥토록 키스할 수
없다면 다음 해에 오셔도 나의 운명은
고독하지 않을 것입니다, 나의 눈부신
봄이여, 내 애달픈 가을날 추억이여!

시인의 별

시를 그리는 어제의 시인은 죽는다
시를 노래하는 오늘의 시인은 죽었다
시를 만드는 강둑 아래 시인은 어깨 위에 별을 달았다, 바람에 날아가
불에 녹는 별에는 달콤한 꿀이 없다

휘어진 붓은 눈멀고, 갈라진 펜 끝에는
햇볕도 내려와 쉬지 않는다
얼어붙은 별이 세상을 매장하는 그
순간에도 진실은 앙상해지고 아침은
추워간다
기쁨과 슬픔은 잠에서 깨어나지 않았다
숨어 있는 겨울이 야금야금 어둠을
먹기 시작한다

가슴 찢어 불지 않는 바람 어디 있으랴
해맑은 순수의 영혼을 헤집어
스쳐가는
가냘픈 인연아
머물러 우는 시인의 추억도
숨죽여 외로운 가난한 시인의 어긋난
기억도
성숙하지 못해
차마 목말라 타오르는 그리움 부수는
암울한 편지만은 원치 않는다
다만 아름다운 흔적으로 남으려
머물러 할퀴어도 좋을 뿐

그래
남겨지기 원치 않는
고요히 성장하는 인연아
그것이 사랑이라면, 잉크빛 시인의 고백이라면,
네 질투의 칼날은 연약하지 않을 테니
광야의 불길로 거칠게 타올라라
정결한 네 입술 빌어 침묵을 경련하게
하라
피보다 붉은 고백으로 별의 이름을
불러 보아라

아아, 시인은 죽었다
시인의 봄은 초라하고
시인의 가을은 텅 비어 코스모스
한 송이 피지 않는다

시인의 무덤은 잡초로 무성하다
시를 그리는 어제의 시인은 벌써 죽었다
시인의 노래는 울지 않고 망가진
자아의 파편들로 낮을 분해하는
꽃다발이 된다

볼 수 없는 7월의 한 여름밤 별이
자꾸만 눈에 밟힌다
아직 잠들지 않은 시인의 눈에
시드는 꽃의 빛깔과 향기로.

젖

어머님

당신은 흙으로 계십니다
어머님, 오늘도 당신께서는
텅 빈 겨울 벌판에 서서 온 힘을 다해
젖을 쥐어짜고 계십니다
이른 봄이면 소곤소곤 햇볕 불러
죽을 만큼 쥐어짠 젖의 토양분으로
잠든 씨를 싹 틔우겠지요
영원히 살아가라고, 가만히 눈을 감고
있지 말라고, 별이 지나가기 전에
가뿐히 몸을 일으켜 세우라고, 당신은
굽은 허리도 펴지 못하신 채, 그리하라고 묵묵히 당신 살을
도려내시겠지요

어머님

당신은 온종일 울고 계십니다
어머님, 오늘도 당신께서는
밤새도록 눈 붙이지 못하시고 온 힘으로 젖을 쥐어짜고 계십니다
허리와 무릎에 파스를 붙여가며, 젖어
부르튼 손으로 아직 미성숙된 당신의
핏줄을 넓고 넓고 높고 높은 곳으로
밀어 올리시겠지요
낮의 태양으로, 밤의 보름달로,
꽃 중의 꽃으로, 그리되라고 묵묵히
온통 눈물로 당신 가슴은 피멍으로
굳어 가시겠지요
여전히 겨울 벌판에 서서
짓밟히는 세상으로부터
메말라 부서지는 앙상한 잡초로

어머님

당신은 여전히 흙으로 계십니다
어머님, 오늘도 당신께서는
텅 빈 겨울 벌판에 서서 온 힘을 다해
젖을 쥐어짜고 계십니다
햇살 좋은 봄날은 왔는데
침묵으로.

29

허깨비

지겹도록 무거웠던 겨울이 찢어져
하루살이 기지개 켜는,
햇빛이라도 내리는 날이면
아무도 찾지 않는 음습한 뒷골목
한편에서는 밤새 어둠에 쩌들었던
쓰레기 더미 아래,
솜털 보송한 파란 잎새 하나가 빼꼼히
고개를 내민다
생존의 본능은 한 줌 햇빛 쪽으로
죽을힘을 다해 뻗어가면서도
빈 병, 파지, 고철, 비닐봉지,
음식물 찌꺼기, 죽은 생쥐와 그 사인을
더듬어 가는, 박테리아와 벌레들,
버려진 것들에 대해 턱을 연신 우쭐거린다
난 달라
역겨운 냄새나는 너희들과는 어울릴
생각 없어
난 꽃을 필 거야
예쁘고 달콤한 향기로 사람들을
유혹할 거야
이런 내가 부럽지
부러워도 어쩔 수 없어

버려진 너희들과는 근본이 다르니까

여기저기 문이 열리고 서둘러 등교하고 출근하는, 아직 겨

울을 드리운

초조한, 침묵과 슬픔과 억압의 추락에

꿈 빼앗긴 황폐한 발걸음들

들썩이고 굽이치며 한바탕 어지럼증이

휩쓸고 지나간 자리

햇살 내리는 그곳에 낡은 운동화와

헌 구두 밑창에 짓밟힌 교만한 잎새는

간신히 숨만 헐떡인다

난 예쁜 꽃을 피울 거야

달콤한 향기로 사람들을 유혹할 거야.

길: 올레

그 길에 들어서노라면
무겁고 지친 어제의 삶을 씻어내는
불가사의한 비밀의 빛이, 몽환의
베일에 가려진 채 따스한 체온으로
눈부시게 살아 있음을 볼 수 있습니다

그 길을 걸으면
독하게 어둡고 추운, 오욕과 칠정으로 찌든 우리 자신을 잠
시나마 몰아와
망각의 그믈 속에 가둘 수가 있습니다

오로지 높은 곳과 앞만 보고 달려온
당신의 불행한 삶은
그 길을 걷다 보면, 가시마다 공허마다
생명의 강물이 흐르고
순수한 사랑의 색이 푸른 꽃밭에
주렁주렁 매달려 있음을 깨닫게 됩니다

길을 걸으세요
하늘과 땅을 숨겨버리는 장마 구름이
새까맣게 몰려오기 전에
이별과 절망과 괴로움과 후회를 더
깊게 배우기 전에
인생의 봄날과
준비하는 아름다운 죽음으로,
순결한 소망과 구원으로,
겨울이 다 가기 전에 홀연히 매화가
꽃을 피우듯
단비 한번 내려 보세요

우리 함께 길을 걸어요
인생의 봄바람 간지러
민들레 홀씨 되어 모든 사랑하는
사람들에게 걸어가요
아득히 잊고 살아온 뜨거운 심장의
소리를 들어봐요
어두운 터널 속에서 지치고 힘드니까.

카페 café

집 나간 아내는
오늘도 귀가하지 않았다
아이들도 요즘은 뜸하다
지들 엄마 눈치를 살피지 않을 수
없었겠지만,
넓은 아파트에 홀로 버려진 나는
그러나 외롭지 않다
슬픈 칠월이 왔으니까

잃어버린 시간이다
빗장 걸어 책갈피 속 깊이 감추어 둔
삼 년이란 앙상한 잎새는,

나는, 불현듯 죽을힘으로 밀쳐냈던
슬픈 칠월이 돌아오자
매년 그랬던 것처럼
바위처럼 굳어있던 심장이 깨지며
귀신에 홀린 듯, 상상조차 금지된
태양의 질량에 사정없이 이끌리는
혼란으로 휩싸인다

몽유병이 도졌다
자아와 의식은 냉혹하게도 철저히
무시당한 채, 허물과 껍데기는
눈물로 얼룩졌던 그 날의 불편한
키스에 매달려
기억의 닫힌 문을 열고
흐린 날의 슬픈 추억을 더듬어
수컷 가시고기의 춤을 춘다

작렬하던 강렬한 태양은
수평선 저 너머로 핏빛의 사랑을
덧칠하며 노을 속에 잠드는 아름다운
인연의 선율로 암컷을 유혹하고,

남해의 작은 어촌 마을, 망망대해
푸른 바다가 내려다보이는 언덕 위,
그곳에는
붉은 지붕의 하얀 집 카사블랑카가 있다
카사블랑카에는 분위기 있는 음악이 흐르고 있었다
카페는 삼 년 전의 오늘처럼 한산했다

바다가 삼키는 우아한 황혼의 눈물을
철없이 좋아했던 그녀의
해맑은 미소는
낡은 탁자 위 화병
마른 물망초 꽃에 수줍음의 잔향으로
휘파람을 불고 있다

떠난다는 걸 알아
널 붙잡을 수 없을 테니까, 제발
시간만은 가져가지마
기억을 지우기 싫어
추억은 내게 남은 전부야
나를 잊지만 말아줘

여행 중 처음 만나 마지막 이별의
언약식 촛불 밝힌, 카페 카사블랑카
창가 그 탁자
혜련의 냄새가, 그녀의 창백한 눈물이
물망초 애달픈 사연으로
어설픈 내 이별의 거짓말을 원망하고
있다

그녀다! 혜련이다!

갑자기 숨이 심장을 틀어막는다
그녀다
분명 혜련이었다

창밖, 막 도착한 고급 외제 차에서
내리고 있는 새하얀 얼굴의 그녀
지난 삼 년 동안 한순간도 잊어본 적 없는, 혜련이 꿈인 듯
내 동공 속으로
선명하게 파고들었지만,
뒤따라 내리는 훤칠한 젊은 남자와
어린아이를 보자
나도 모르게 고개를 돌려 자리를
박차고 일어나 덧문 밖으로 몸을
감추었다

결혼했구나
벌써 아이도 있고
다행이다
남편이 좋은 사람 같아 보여서
이제는 외롭겠지, 슬픈 칠월은 다시
돌아오지 않을 테니까,
책갈피 속 앙상한 잎새에 다시는
빗장 걸 수 없을 테니까

"처제, 여긴가? 이 맘때면 늘 찾는
바닷가 그 카페가...?"

독감

나는 중독자다
내 핏줄에는 면역력이 없다
결국 40도 넘나드는 고열로 심한 몸살을 앓아야 뒤늦게 약
국을 찾는다
병원이 더 낳으련만, 삼일 분
감기약도 한 봉만,
그래서 나는 중독자가 되었다
중독자란 사실도 모르는,

변변치 않은 울타리 안에 거침없이
침범한 놈은 교활하게 웃는다.
아니 어쩌면 놈은 정상이고
순수할지도 모른다
최소한 예고는 하고 들이닥치니까
최소한 주사액과 약은 있으니까

과신하고 부주의한 탓이다
친절을 받아들였어야 했다
놈을 원망할 자격은 없다

그래, 지나온, 지금의 내 삶도 그렇다
변변치 못한 연애는 구질구질한 야비함 속에 곪다 터졌고,
사업이라 이것저것 벌려놓기만 하면 뭐하나
멋진 회전의자 빙빙 돌리며 손가락
까딱 펜대 쓱쓱 휘갈기다 보니
뒤틀리고 꼬이는 배알 감추고
앞에서 손바닥 닳도록 비벼대던
작자들이 뒷구멍으로 빨대 꽂아
골수까지 모조리 빨아버릴 줄 그때는
몰랐다

약국에 약은 있다, 팔지 말았으면!
병원에서는 혹여라도 응급실로 들이닥칠까 얼씬거리지도 말란다
약국의 약으로도 충분히 차고 넘치고 또 넘친다는 것을 안다

나는 중독자다
내 비뚤어진 사고의 방식에는 면역력이 소용없다
감기약 한 봉지로 충분할 테니

내일이면 자리 떨치고 일어나 새로운
독감에 얻어터지겠고.

생존

해도 뜨기 전, 교활로 무장했던,
무기력한 두 발이 곶자왈에 낚였다
뿌연 안개로 안구는 불편한 장막에
뒤덮인다 탈출구는 없다
다급한 새 울음이 고막을 찢는다
나뭇가지 사이에 은폐된 둥지 안
새끼들이 살무사의 춤추는 혓바닥 유혹에 걸려들고, 더듬
는 손끝에 휙
스쳐 가던 고라니는 멱 따지는
비명 내지르며 털퍼덕 고꾸라져
나뒹군다
피 먹은 살쾡이의 시퍼런 안광이
내 쪽을 쏘아본다 악의는 없다
굶주려 독오른 모습이 역력하다
강한 놈은 살고 약한 놈은 먹힌다
악법도 철저히 존중되는 지독한
불변의 진리가 이곳에서도 소름이 끼치는 공포로 엄습해
든고
미처 정신 차리기도 전, 탕! 탕! 공기를
찢는 섬뜩한 총소리
살쾡이의 앞발이 맥없이 꺾이며 큰 몸집은 공기 빠진 풍선
처럼 주저앉는다
2M 가까이 되어 보이는 체구에
우락부락하게 생긴 엽사가 장총을

어깨 위에 걸친 채 무표정한 시선으로
내려다본다
숲 밖에서 그랬던 것처럼, 몸이 먼저
다급히 무릎 꿇으며,
"사, 살려 주세요! 제발…. 목숨만!"
밀림의 안개가 걷히고, 톱니로 둘러싼
거울이 깨져도 탈출할 수 없는 난,
이율배반의 노예로 바닥을 기는
매일매일에 더 익숙해가고 있다
곶자왈 밖은 아카시아 향기 벌써 죽은
불의 늪이다.

키스의 맹세

6월의 언덕 위에서

햇살 따듯한 날
가만히 당신 가슴에
귀 대어 봅니다

졸졸졸 시냇물 흐르고
뾰로롱 새는 노래하고
까르르 꽃은 향기롭죠

난 볼 수 있고
난 들을 수 있으며
난 느낄 수 있어요

당신의 냄새와
당신의 목소리와
당신의 달콤한 사랑을

눈부신 당신을 사랑합니다
심장을 불태워줘 고맙습니다
희망으로 와주셔서 감동합니다

눈먼 이별은 외면하고
입 닫은 고백은 떨치고
귀먹은 질투는 날려 버리고

사랑합니다, 당신을
첫 키스의 맹세로

사랑합니다, 당신을
내 운명의 추억으로

사랑합니다, 당신을
으스러지게 고운 청춘으로

파아란 6월의 언덕 위에서.

제목 : 키스의 맹세
시낭송 : 최명자

스마트폰으로 QR 코드를 스캔하면
시낭송을 감상할 수 있습니다.

6부 능선

먼 곳에서 가까운 곳으로
짧은 생은
빠르게 흘러 왔다

묻지 마라
아카시아꽃 피는
늦은 봄,
하늘에 해는, 왜
여전히 뜨고 지는지

알려고 마라
양귀비꽃,
버려진 벌판에
차가운 이슬 젖은 채, 왜
저 홀로 피어나는지

굽은 허리로
돌아보니
단풍나무 숲
으스러지게 고운데

날카로운 세월
퍼렇게 무뎌지고
뻗어 오르던 인생
가시나무 아래 눕는구나

서쪽 하늘
어느새 노을은 붉고
안으로 안으로 여읜 봄, 슬퍼
천지에 내 자취는 찾을 수 없으니

인생은 이렇게
뚝뚝 떨어져 서운하게 흩어지는데
낮과 밤이 바뀌어도
슬퍼할 광대는 그 어디에도 없다

누구나
그렇게 살고
그렇게 머물다 가는 삶
다 바람이다, 맴도는

영원한 건 없다
그러니 서러워 말고
울어 지치지도 말 것이며
한점 눈으로 봄볕에 녹은들 어떠리

스러지는 한 조각
뜬구름,
공기 한 모금, 발아래 흙 한 줌,
내가 외면해 온 시시한 길가의 꽃아

석양에 던지는
내 투박한 휘파람 소리에
뒤늦게
너희도 위로 받아라

덧없던 세월도 사랑스러운, 내 삶으로.

혼혈 [混血]

그리하여, 세월을 풀어놓고 저승으로
노 저어 가면서
한 가지 눈여겨볼 점은,
강이나 바다에 버려진 것이 부질없다며 또 버려져, 검은 얼
굴이 흰 얼굴로,
흰 얼굴은 검은 얼굴로, 인피 면구를
벗고 다시 쓰길 반복하더니 결국
핏줄이 아님을 실토하기에 이른다는 사실이고,
교만의 동맥과 과시의 정맥은
붉은 가시덤불 슬쩍 내밀어 편견과
시련으로 옥죄더니, 뒷골목을 개처럼 기어, 한 번의 따듯한
포옹으로 척! 한다
나누고 가꾸기까지 바라지는 않겠다
다만 아직도 한낮의 하늘이 어둡고
수상하기를 기원하지 않는다면
무관심으로 약간의 친절함은 어떤가
껍데기 검고 희어도, 베어지면 아프고,
뚝뚝 뱉어내는 피는 모두 붉다
그리하여, 깊이와 넓이가
무시당하지 않을 정도만 공허해도
용서하련만
그리하여, 식당의 메뉴판을 함께
고민한다면.

인연

스치며
네가 웃는다, 피식

내 심장에 붉은 잎 모란
칼끝이 팍, 박혔다

선홍빛 피는 없고
칼자루는 아무도 쥐지 않았다

감기다, 아니 지독한 몸살이 왔다

나비는 꿈을 꾼다
꿀은 없다

달콤한 향기 베어 문
바람이, 접은 날개 위로 맴돌고

그냥 목이 메어서
눈을 감고
입맞춤할 뿐

내 머릿속에
수천 개의 천둥과 벼락이
소용돌이칠 뿐

세상은 문을 닫고
연은 자꾸자꾸
높이 날아 오르고

그 끝에 무지개가 있고.

운명

하늘도 모르고 땅도 모를 깊이로
벼락처럼 휘몰아쳐 온
사랑아, 무쇠종 울리는 불 바람아,
나, 두려워 떨고 있다, 보고 있느냐
캄캄한 침묵의 사슬에 옥죄여
거침없는 화염 앞에 영혼이 송두리째
허물어져 내린다, 막지 못할 약속이다
그래, 어쩌면 세월 끝에 닿은 마른
바람개비일지도,
내 시선은 문득 거역하지 못할
폭풍으로 솟구치는
너의 메아리에 귀를 기울인다
가슴은 늘 홍두깨질 요란하고, 빛나는
시간은 마지막까지 잔인한 돌격을
외친다
평생 사랑을 갈망하여 열정을
아껴왔지만, 막상 네 앞에 서자 감히
숨조차 쉬지 못하겠다만,
혹여 가시 채찍 맞으며 간담 서늘히
야옹 소리 내도 될까
뾰족한 주둥이에 물려

복사꽃 만발한 개울 너머 언덕 위를
펄펄 날아도 행복할 수 있을까
알고 보니 두렵구나, 사랑은
새벽에 온 산은 붉은데
한차례 꿈같은 이 스침의 환희가
진정 너무도 무섭다, 가랑비에 질까
하늘은 돌고 땅도 돌고
흰 갈매기 울타리를 빠져나가고
바람 치는 새벽에 산줄기 꿰뚫는
부질없는 혀로,
그럼에도 되뇐다
사랑은 양귀비의 꽃 같은 얼굴이다
사랑은 두메산골 괴팍한 아이다
사랑은 희로애락 아득한 감정이다
귀신이래도 좋고 망령이라도 좋다
사랑은...

굴레

어느덧, 어지러운 계절은 바뀌고
또 바뀌어 서럽게 무상하더니
이미 구겨진 세월을 일거에 날려버리고, 하늘 가득 먹구름
만 출렁이는데
교묘하게 물결치는 미혹의 욕심은
하루하루
제 뼈를 깎으며
산악을 흔드는 번뇌로 집착하는구나

지금 외로이 잠든 나의 자아는
길 잃어
돌밭 가시 길을 헤매는 중이라
두 눈 부릅뜬다 한들
정작 나인 나는 내가 아니고, 나 아닌
나는 나라 할 수 있으랴

동백은 벌써졌다
고달픈 바람 안고 인생은 떠돌고
떠돈다, 어느 마지막 겨울의 벌판을!

기울어진 봄날에 동구 밖 휘돌아
죽은 마을에 들어서니
잡초는 스스로 무성히 뒤틀리고
흐르는 물, 새의 울음소리 적막하다

거기에도 나는 없고, 문득 소 등에
거꾸로 올라탄 어린아이,
한가로이 퉁소 불며 지나가네

"나는 누구냐? 너는 어디서 와 어디로 가는 거지? 마을은
왜 폐허로 변했고 사람들은 전부 어디로 사라졌지?"

아이는 소를 멈춰 세워, 가냘픈 미소로
한동안 물끄러미 날 내려다보더니,

"당신은 멀리 있고, 당신은 가까이 있으며, 또 당신은 한가
하고,
당신은 스스로 복잡하고, 당신은
어제도 길을 떠났고, 내일도 그리
갈 테고, 오늘도 산을 둘러친 흐르는
계곡물에 발 담글 생각은 없군요."

독하게 비참한 지금
홀연, 앞세운 그림자 꿰뚫고
슬쩍 반짝이는 별 하나.

수학과 산수

널 생각해
네가 그리워
나 점점 미쳐가나 봐
가슴의 별이 까맣게 타들어 가
한 번도 너와 나의 사랑을
의심해 본 적이 없어
그런 애정전선에 먹구름이 낀 거야
오늘 밤도 잠을 못 자
며칠을 밤새워 생각해 봤지
어쩌다 이렇게 됐을까
영원 하자던 사랑이 왜 멈추어야
했을까
우산을 쓰지 않아도
삼 줄기 같은 빗발이 두렵지 않았던
우리가
반짝이는 네 눈빛에 내 인생을
바꿀 수 있다고 생각했어
그런 사랑이 어긋나 버렸어
내 가슴에 외로운 달이 뜬 거야
이유를 알아야겠어
우리가 왜 헤어져야 하는지
별이 지기 전에 대답해

눈 쌓인 골목길에 불을 지를까
오늘 밤 내가 여기를 떠날까
아직도 널 사랑해
내 곁을 스쳐 가지 마

"난 수학을 싫어해
머리 쓰는 복잡한 공식보다
산수의 사랑이 좋아, 좋으면 좋고
싫으면 싫고, 따듯한 아날로그도
하지만 넌 산수를 싫어해
복잡한 수학을 좋아하고
아날로그보다 디지털에 목매지."

교만

돌고,
돌고 또 돈다, 그 안에서
해 품은 어둠이 부패되고
봄바람 꽃 향기 무시하는 추락은
등을 보이고 도망친다
교묘한, 너는
교활한 화염은,
스스로 귀하고 아름답고!
객관적이고 비개인적으로,
어리석은 나는
여전히 고장 난 시계를 부둥켜
안고 있다, 희망은 여전히 가까이 있다
믿으며,
이제 네 몸에서 뻗은 악취는, 둥둥
찢어진 북을 치겠지
보라
블라인드 사이로 축축한 감정들이
습관 되어 질려가고 있지 않느냐
구역질 나게 더러운 너의 비판과
길들여진 자학은
마귀처럼 희멀건 장딴지 드러내지
않느냐, 다만 네가 모를 뿐, 모르는 척
할 뿐!

추억의 흑백 영화 한 장면 속
물레 젓는 아낙네
동지섣달 황 촛불 마주하고
알 수 없을 욕정 펄펄 끓어올라
허벅지 바늘로 찌를 때쯤,
뼈와 살점 도려내는
텅 빈 도축장 안에서
세상은 번갯불에 흡수되고
순간에 만나
찰나에 헤어진다
철없는 사랑은,
나도 너도 잘 났다
인생 최대 실패는
교만임을 알 턱 없겠지만,
사랑은 은근하고
우정은 화롯불로
설렘을 알게 될 때
돌연 서글퍼지려나, 후회의 칼날
등에 지고, 닻을 찾아 헤맬까
침묵이라도 좋다, 희망이라면
내 곁에, 내 안에, 저 무덤 속에,
미래가 두려운 죽음 앞에
나는 나에게 메시지를 보낸다
널 보고 웃어야겠다.

막걸리

점박이 도둑고양이에게 홀려
야반도주한
어리석은, 멍청한 비숑프리제 찾아
내 발길이 멈춘 곳

어린 시절 해녀였던 내 어머니가
물질하던
그곳

봄은 벌써 왔는데
해구 끝에, 죽은 상어 떼가
휩쓸려 와
허옇게 배를 까뒤집고 있는
모래톱에는
누렇게 뜬 해초만 무성하고, 잡초는
엉켜있고,
해녀는 없다
해남도 사라졌다

뜬금없이 먼 데서 술 뜨는 냄새
풀풀 날아오고,
재 너머, 이맘쯤에
꽃단장하고 있을 젊은 과부
순심 댁 주막, 혹은 금란이네 선술집
막걸리 생각에
집 나간 비숑프리제는 까맣게 잊고,

'맙소사
나는 마시지도 않은 술에 만술되고!'

뙤약볕 아래
누군가 버린 무심한 나무의자는, 녹슨
쇠와 쇠가 부딪끼는,
버거운 울음소리로 바람을 피해
흔들리고 있음이
낯설지 않게 눈에 들어온다

큰 길이 저기고, 길 건너 산과 강은
변함없고, 산은 푸르러
꽃은 더 뜨겁게 불타고, 강은 푸르러
더욱 은빛으로 일렁이고,

사이와 사이
축축한 궂은비 내리는 이른 새벽
난 홀로 등불 밝혀
가려는 어둠과
오려는 아침에
혼란과 어지러움으로 갈팡질팡
서성인다

어디로 갈까
동쪽은 쓰레기로 덮인 도시고
서쪽은 죽은 상어 떼가 썩어 나뒹굴고
북쪽은 가본 적 없어 두렵고
그래, 가자 남쪽으로
과부 엉덩짝 두드리며 걸쭉한 막걸리나 퍼 마시자

염병할, 어쩐다
고민이다
어디로 가나
순심 댁 주막으로 갈까
금란이네 선술집으로 갈까

생각은 오락가락
발길은 거미줄에 걸려 푸덕푸덕

탁주 산채濁酒山菜도 과분하다
주모 엉덩이는 개꿈이로세.

관심과 호기심

왜 그랬니?
"고양이가 우물에 빠졌다!"
라고,
거짓말은 왜 했니?
호기심은 나쁘지 않아
차라리 네가 빠지지 그랬어, 우물 속에
왜 그랬니?
"외계인이 나타났다!"
라고,
헛소문은 왜 퍼뜨렸니?
젖 물린 아기
강보 안에서 방실방실 웃고 있잖아
욕조에 들어가
아낙네 젖 물고
그가 바느질하잖아, 그녀가 샛서방 훔쳐보잖아
소, 뿔 박은
배꽃 나무 울타리
바람 불지 않는 날
자유로운 부평초 거부하는 이유 하나와,
세월에 검어지는
머리카락 비밀의 이유 또 하나,
섣달그믐
아들 낳게 해 달라 치성드리는
삼신할머니, 새벽 정화수 찾는 이유를
난 알고 싶지 않아, 내 안의 정답은
푸른 하늘은 술잔 위에 떠 있네.

인형의 집

심하게 흔들리는 뉴욕행 마을버스를 타고
차창 밖으로 스치는 매미 떼창에
어쭙잖은 냉소를 보내며 시집을 읽는다, 사랑을 찾다 보면
그 안에 있겠지

꽃과 별과 달은
페이지마다 구름과 바람에 밀물 되고
썰물 되어
움켜쥔 기억과 부서진 추억으로
시시하게, 애틋하게, 허약한 냉기로
토네이도를 부른다

소주 한 잔에 털썩 주저앉은 도시
전체가 흐물거린다

"돈이 전부다! 사랑은 성욕의 껍데기일 뿐이야."
"타락은 나와 무관해. 뜨는 별이 울고
지는 꽃이 웃는 거 봤어?"

덜컹거리는 버스 탓에 작은 글씨가
동공을 찌르고
태평하게 선잠에 빠진 승객들
거리의 잃어버린 낭만 속 인형집
추락한 시집의 시들이 다시 뺨을 타고 기어 오를 때쯤

이번 정거장은 테헤란역이라 소리치는
친숙한 그녀의 안내방송
어쩐다
뉴욕행 버스가 아니었나
버스는 정차하고
엉거주춤 입구에 서서 망설이는 나를
거칠게 밀치며
낡은 모자를 깊게 눌러 쓴 건장한 남자가
작은 상자를 들고 올라탄다
케익상자에 새겨진 선명한 한글 로고

'뉴욕제과점'

테헤란에는 뉴욕제과점이 있다
뉴욕에는 인형의 집이 있다.

봄비는 내리고

비 내리는 밤
연분홍 꽃향 창문에 내려앉고
허전한 마음
흔들리는 촛불에
자꾸만 돌아 앉음은
봄이 그리 가려는 모양이다
열흘 화려했던 시절
울긋불긋 청산을 희롱했으니
간다 해도 서운치 않으련만
까닭 없이 술 한 잔 생각남은
불현듯 돌아본
짧은 인생
아등바등하였던 삶,
한 송이 꽃보다 못함이
부끄러운 탓이련가
찬란하게 춤추던 꽃빛
비바람에 찢겨 떨어진다 한들
새봄에 꿈처럼 돌아오지만
내 초라한 그림자
되돌릴 수 없으니
후회한들 무엇하랴
이제라도 허울뿐인 겉옷

활활 벗고
무겁고 어두웠던 욕심 확, 던져
미움도 사랑도
한 줌 재로 태워
그 빈자리에
새봄 맞으리라
미련아, 떨어져 빗발에 날아가듯.

고래가 날아온다

바다가 솟구치고 산이 허물어지고
방파제를 단숨에 쓸어버리고
하늘은 허파가 부풀어 오르고
땅은 뒤집혀 퍼덕 퍼덕이고
우주를 한입에 삼킬 거대한 고래가
날아와
심장에 박히고
사랑은 그렇게 오고

봄꽃 빈산 가득
울긋불긋 피어 향기롭고
가을 단풍 요조숙녀 두 볼
들불로 태우고
바람은 맑고 깨끗하여 달고
달빛은 밝고 환하여 그림자조차 잠에서 깨어나고
사랑은 긴긴 추억으로 시작은 있으되
끝은 없고

해는 뜨고 지고 별은 모였다가 다시
흩어지고
눈앞에 있어도
보고 싶고
나란히 침대에 누워있어도 꿈속에서
다시 만나고 싶고
스쳐 가는 짧은 밤조차 원망스럽고

숲은 왜 초록으로 투명한지
시냇물과 햇빛은 왜 피리 불며
춤을 추는지
그런데도 내 눈에는 왜 너만 보이는지

뒤뜰에 밤이 깊어
청아한 종달새 노랫소리
가냘프게 잦아들어도
꽃과 별과 바람은 촛불과 더불어
땅에서 하늘 끝까지 닿아 있고
아침과 저녁이 온통 분홍빛으로
젖는 하루하루
고래는 날아오고, 날아오고, 사랑은
사랑은
사랑은.

어제와 오늘 사이

광활하고 푸른 하늘에 그대를 그려보고
그대 향한 마음 다 담지 못해 가슴이
갈기갈기 찢기워도
그리움은 이 밤에 몰래 스며들어
출렁출렁 심장에 넘실거리네

아무리 멋진 시보다 삶은 아름답다
하더라

어느 날 꿈처럼 날아온
사랑이란 이름의 숨겨진 보석의
불타는 회오리는
날 바람과 별과 꽃빛으로 매정하게
흔드네

나는 거의 죽어간다
너에게 취해 눈물은 불타 메마르고
거짓말처럼 달아나 버린
봄날의 배신으로
휘청이며 똑바로 걷지 못한다

외로운 내 그림자여, 더 이상 날 위한
술잔을 기울이지 마라
하늘을 거니는 비밀스러운 샛별아
오늘만큼은 배반이 배반을 낳는 슬픈
이야기는 그냥 흘려보내거라

서툴렀던
우울한 지난 사랑처럼
나에게 어울리지 않는 얻을 수 없는 것, 완벽한 질투, 순수로 무장한
끝없는 사랑의 늪에 외면하지 말고
저항하라, 투쟁하라

그대 가슴에 봄이 왔다면
허물어지는 모닥불로 혈관을 터트려라
어색하고 지질한 이별은 이제 안녕
배꽃 고운 들길에
화사한 새벽 잠결로 웃자
달콤한 눈물
글썽이는 달빛 정열로
내 가슴에 어른거리는, 치닫는 향기
흐느껴 소리치자

석양은 다시 타오른다
나는 잠 깨어 눈떴다.

오싹한 주인공

아름다운 도둑님
나를 훔쳐 가 주세요 제발
장밋빛 사랑을 담보로 날 휘감아
안으세요
당신은 놀라운 마법사죠
달님도 훔치고 창밖에 내리는
겨울비도
황홀한 입맞춤으로 기막히게
월담시키죠
떨어지는 감꽃에 눕긴 싫어요
진 달이 환하게 떠오르듯
그윽한 풍경소리에 빈산 잠 깨어
혼자 울면
파란 나비 춤추는 볕 밭 아래
날 감싸 안아줘요
숨을 멈출게요
당신의 거친 키스가 너무 황홀해
꿈속에서 헤어 나올 수 없겠죠
당신의 다정한 손길로
내 몸을 오선지로 만들어 달콤한
음표를 그리기 원해요
외로운 꿈은 이제 굿바이

활활 타들어 가는

무더기 피는 하얀 첫사랑의 향기로만 첫눈이고 싶어요

그런 애인으로 기억하게 해주세요

지금도 당신은 조금씩 날 빠져들게 하고 있어요

서쪽 하늘 붉게 태우는 저녁놀이

지면 당신의 밤은 미친 듯

춤을 추겠죠

봄날은 너무 짧아요

나를 꽈악 끌어안아 주세요

거울을 깨세요

내 생애 단 한 번뿐일 추억의 농밀함을

보여 줘요

당신만은 소심한 사람이 아니길 바라요

이것저것 너무 깊이 생각하지 마세요

오늘이 지나면

후회의 칼날에 가슴을 도려내긴

싫으니까

낭만 같은 감정도 조금은 필요하겠죠

그렇지만 너무 격식에 구애받지

않았으면 좋겠어요

마음 가는 대로 훔쳐 가세요

내 몸의 땀과 내 눈동자 불의 꽃과

내 숨결의 부끄러움은

모두 다 당신 거예요

빨랫줄에 걸린 햇살에 날 감아요

공장에서 금방 만들어져 나온

무쇠 주전자에 커피물이 펄펄 끓어요

창가에 앉아 노래 부르며

자유를 꿈꿔요

마귀처럼 달은 발광하겠죠

내 머릿속 종소리는,

아름다운 도둑님

부탁드릴게요

제발 나를 훔쳐 가 주세요

장밋빛 사랑을 담보로 날 휘감아

안으세요

당신은 놀라운 마법사

오페라의 무대처럼 날 당신의

주인공으로 만들어 줘요, 제발...

비

너였구나

못된 이별에

눈물 들킬까 봐

찾아와 준

천사의 진주알.

비와 첫사랑

그대라는 꽃봉오리
설레는 내 첫 순정에 피어나
괜한 꿈만
오락가락 가로누워요

볼 수 있어도
만날 수 없는 향기
그러나 시들지 않을 꽃
내일의 특별한 추억은
생각하지 않아요

나, 그대에게 어찌 갈까요

잠 깨어 달콤한
그대 눈빛은
반짝이는 별을 유혹하고
알싸한 커피 향
그대 미소에
분홍 나비 뒤뚱뒤뚱
혼란스러운데

내 눈에 처음
환하게 들어온 그대
흠뻑 주고 싶어도
선홍빛 장미 앓이로
일렁이는 그리움뿐

사랑은 왜
눈물을 태우고, 시를 쓰게 하는지
밤새도록 뒤척여도 모르겠어요

여름 비에 젖어
사랑하면 안 되나요
봄꽃에 좋아하고 가을 낙엽에
슬퍼해야 하나요

그대를 그리움으로
좋아합니다
그대를 고백 못할 수줍음으로
사랑합니다

보고 싶은 사람
꿈에도 가슴에 일렁이는 사람

창 밖에 비는 내리고
허락받지 않은 그리움에
허둥거려 미안합니다
그대에게 흔들려
너무 행복해 미안합니다

살아서 죽어가고
죽어서 살기 원하는
나의 사랑아.

사랑하는 사람이

사랑하는 사람이
빗속에 떨고 있다면
가로등 아래
꽃무늬 우산 들고 서서
당신의 가슴에
따듯한 화롯불 지펴라.

사랑하는 사람이
빗속에 떨고 있다면
익어가는 보리밭
언저리에 올라
당신은 어여쁜 님의 침묵을
푸른 산빛 고운 햇살로 감싸 안아라.

백일홍

적옥의
꽃비로
몽실이 운다
못다 한 인연 서러워.

임의 눈물 목메어
부서진 사랑에
피 토하는
바우의 사랑아.

집 나간 초상화

"안녕하세요?

반갑습니다.

처음이죠, 우리?

혹시 당신의 빈집에 빗물이 새고 있지

않나요?

갈라진 벽 틈새로 기적소리 문을 닫은 완행열차가 지나가

기도 하고요.

아, 그래서 등을 보이고 도망치셨군요.

그럼 이제 가슴에 고장이 난 시계를

꺼내 보세요.

수리가 필요한 것 같군요.

이런, 물론 새것으로 사시겠지만.

종소리와 북소리는 머리만 혼란스럽게

만들죠.

당신에게선 땀 냄새가 나지 않는군요.

다시는 창밖 빗소리에 귀 기울이지

마세요.

지난여름 소멸한 사치스러운 감정의

넋이 머릿속에 윙윙 벼락치길

갈망한다면 모를까...'

보리밭 푸른 물결로 어제의 아우성을 연소하고 싶다면
사라지지 않는 지질한 생각과,
홀로 오싹한 외로움과,
다락방 맨 밑바닥에 짓눌린 컴컴한 냄새와,
미련한 자유를 꿈꾸는 지독한 고통의 발광과,
하수구와 낡은 침대 사이를 끊임없이 날아다니는
뼈만 남은 고양이의 헛구역질과,
더듬는 두 손에 도무지 잡히지 않는 민들레 꽃씨로,
당신 피부에 덧씌워진,
죽은 자의 와르르 무너지는,
몹시 가난한 사람의 행복

무게의 추!

망각을 달아보시라, 당신 눈썹 끝에.

어쩌다, 6월의 모란

꽃으로 피어
향기로 날아온 당신

이슬 빚어
사랑을 주신 당신

눈부시게 아름다운 햇살 아래
내 마음 불타고

빗발쳐 드는 6월의 노래는
놀라운 축복의 원천

어이 하나
어이할꼬

폭풍처럼 가슴 덮는
어리석은 배반의 아침이여

너는 갈 테고
나는 남겠지만

이 찬란한 유혹의 봄 끝에
나 홀로 취해본다

모란은 피고
모란은 지고

바람처럼 구름처럼
세월은 흐르고

한 순간의 내 것에
기뻐하며.

사랑: 목련 우는 사연

빈 뜰에 홀로 앉아 있자니
해 질 무렵 빗 기운 어둑하고
높은 지붕 어디에도 임의 온기
찾지 못하겠네
머뭇거리는 초승달이라도 뜨면
기러기 날아올까

늦가을 차가운 비바람 속 홀로 흰,
벼랑 위 저 늙은 매화나무 가지에도
한 가닥 온기는 남아 봄꽃을 피우거늘
무정한 임,
다정한 사랑은 밤 서리 되어
되돌아본 참담한 세월 희롱하네

멈출 수 없는 시간은 가슴 휘저어
흔들리며 달려가고
소식 끊긴 눈물의 돛배 쓸쓸히
하늘 끝에 떨어지는데
임 뵐 수 없는 난, 술잔에 빠져도
취하지 않는구나

임이여, 은빛 날개 접어 날 외면한
아득한 두 새벽의 노을이여
물 먹은 종소리처럼 서글픈 새봄의
목련 먼지 되어
빈 허공에 메아리로 흐느끼듯
날 버려 훌쩍 은하수 뒤에 숨지 마소

한 시절 고통과
짧은 순간 행복과
뒤척이던 마음과 마음과
파리한 우리 사랑, 지난 여름날 밤을
잊지 않았다면
6월의 고운 길 밟고 그리 내게 오소서

스쳐와 흔들고 가도 좋은.

독 오른 연애: 집착

교감의 제 1 원소
연애의 그, 불변의 원칙, 섹스 sex
너는 언제나
시리우스 Sirius
너는 때론 만인의 허름한 숙녀
천랑天狼의 별, 늑대의 눈아,
날 통째로 삼키고
넌 언제나 변함없이 까칠하고
도도하고,
날 미치게 하고, 날 반골反骨로 들어
메치고,
도망치자, 알몸으로
박제가 되어 담벼락 타고 사라지자
달 없는 빈 하늘에 안개 끼기 전
땀 솟는 겨드랑이 들고
초립 쓴 사타구니 허리 감아서
늑대 무덤으로 가
펑펑 울며
독야청청獨也靑靑.

환생

나 죽어
또 죽고, 또 죽어, 다시 죽어서
무엇이 되고 싶냐
묻는다면,
비숑 프리제 Bichon Frise로
아비시니안 Abyssinian으로
태어나,
내 집에
남기고 갈 수 없는
눈빛 하나, 눈빛 둘, 눈빛 셋과
가슴속에 숨길 수 없는
흔들리는
빈 의자
부둥켜안고 우는 산호초 빛
내 외로운
그림자
텅 빈 하늘에
울지 않길
곁에서 모기 물려도 좋을.

애인 愛人

애인愛人아
너로 인해
내 가난한 심장이
심각한 혼돈에 빠져
침어낙안 폐월수화로, 절대적 아름다움과
위험한 시각으로
날 짐승으로, 목 놓아 광야에서 울게 한다

애인愛人아
내 아름다운 산수유야
하늘이 처음 열리고
이름난 매화가 폭풍으로 몰아쳐도
넌 내게 새벽에 일어나
머리 빗는 애인이고
참 좋은 봄날, 참 좋은 기운으로
일렁이는 꽃 향기이며
귀여워서 볼수록 웃음이 나는
푸른 물고기라네

애인愛人아,
나의 영혼을 영롱한 옥으로 흔드는
저 높은 하늘
은하수 무지개야

연기처럼 흩어지지 마라

애인愛人아,
고백한다
찢어지게 허름한
좁은 방에서
하나뿐인
수줍은 꽃단풍 낭만만은
잃고 싶지 않다
늦은 봄 두견새, 진달래로, 그렇게

애인愛人아

봄빛이 네 입술에
나는 창 밖 훨훨 나는 나비로.

옷깃 스치고

눈물이
너의 사랑이
따스한 온기로 흘러내린다, 내 안에
너는 없다, 너는 있다

보낼 수 없는,
찬바람에 새잎 돋는
낯선 곳에서 깔깔 웃을 테지, 넌

별빛 내린 우리의 새벽이
향기로울 때
바람이 지나가면서 노래했지

눈 내리는 깊은 겨울밤을
푸른 해풍에 나부끼는 보리밭 이야기를
햇빛 노는 네 붉은 입술을

기쁠 때도
슬플 때도
꽃 피는 추억에도

깊게 우울한
이별은
너무 슬프니까

사랑하면서도
창밖에 내리는 비를 외면한 너를
비보다 더 사랑했다, 그리고 오늘

오지 않은 가장 행복한 시간에
촛불 하나 밝혀
빛나는 시간을 추억에 태운다, 널

나그네로 머물렀으니
마른 눈물 환한 등 밝혀
보내준다, 넌 책임 없는, 내 감정으로

묵은 그리움에 미안하겠지만
가을날 가을앓이 하겠지만
그리움, 비처럼 눈처럼 날 덮겠지만.

앵두

너였구나

6월의 붉은

루비야

네가

내 애인의 입술에

사랑을 그렸구나.

사랑의 꽃

태양에 가리고
월화月華에 잠기는
별이란
친구가 있다

때때로 별은
구름에도
바람에도
가린다

언제쯤
방해받지 않고
홀로
빛날 수 있을까, 별은

걱정하지 마라
보이는 곳에서
빛나지
않아도

그대 가슴과
그대 두 눈에
보석으로 반짝이는
사랑의 꽃으로 빛난다, 별은

시인의 붓끝에서, 별은.

별

난 이제 막
잠에서 깨었는데

어쩌자고 넌
벌써 떠났느냐

내 여자의 눈동자
샛별아!

역지사지

내가 훌쩍훌쩍

클 때마다

당신은 점점 작아집니다

당신 가슴에

피멍 들면

내 얼굴에 웃음꽃 피었습니다

내가 당신 자리에

서서야

비로소 그 이유를 알았습니다.

내가 우산 되어

거리에 내리는 빗속을
쓸쓸히 걸으면
어디선가 당신이 나타나
우산을 씌워 주겠죠

한 번도 본 적 없는 사람
매일 밤 꿈에 만나
차 마시던 당신

비 개이면
무지개 저 너머로
사라져버리는 사람아

당신이 빗속을 걸어요
내가 우산 되어
거리의 끝까지 함께 할래요.

사랑: 날 그리다

넌출처럼
뻗어 나가다
길 없는, 길이 없어도, 향기로 뜨는 새초롬 웃는 바람소리
에 사로잡혀
울 밖 싸늘한 달빛에
옥 죄인 결박 풀어 저항할 수 있다면
네 가슴에 봄을, 네 숨결에 이별 없는 따뜻한 감촉을, 네 검
은 눈동자에
활짝 활짝 웃는 치자꽃 향기를,
상상하며
네 입술 붉은 립스틱 물어

나, 그리다!
널, 입 맞추다!

물빛 짙은 젖 향기, 공중에 날리는 별빛, 하얗게 피는 배꽃
눈부신 춤, 어두운 밤 살그머니 흐드러진 나비의 꿈, 선홍
빛 피멍 꽃핀 가슴앓이로

낮은 곳의 내가
너의 우아한 봄과 가을에

사랑이 그러하다면.

제목 : 사랑 날 그리다
시낭송 : 박영애
스마트폰으로 QR 코드를 스캔하면
시낭송을 감상할 수 있습니다.

95

사랑: 노드바로

고요한 가슴에
봄은 왔는데
춤추며 속삭이던 네 뜨거운
동공은
무슨 일로 꽝꽝 얼었나

강물 푸르고
꽃,
불타는 산 푸르니
구름인 듯
머물지 말고
바람처럼 달려오라

아직 끝나지 않은
매화꽃 향기
나비 희롱하고 벌 희롱하고
좋은 비 내려
이 밤 홀로
떠나가고 싶지 않으니

원앙 수놓은 비단
휘장처럼
새벽안개 드리우면
사랑이 아니어도 좋다
지인이 아닌 지음으로, 우리 그렇게
소리 가려주고

그렇게 거문고 소리 담긴 뜻 이해하고
목소리만으로
눈물의 기미를 눈치채는,
사랑이 아니면 우정으로
복수초로, 노드바로
만년설 밑 바위틈에서.

사랑: 달빛 기차

오라, 사랑
너는 내게 와
하얗게 피어라

순백의 드레스로
보석의 화관으로
네 심장 흔들어 줄 테다

오직 너만을
가슴의 별로
영혼의 불꽃으로,

나는 너에게
바람으로 머물지 않고
인연의 꽃비로
숙명의 금사슬로
저항하지 않을 봄으로,

하얀 배밭
늘 싱그러운
햇볕으로 안기자, 우리 서로

너랑 나랑
술렁거리는 은하수
입 맞추면

달빛 감은 밤차 타자
떠나자
꿈의 여행을

너랑
나랑...

연서戀書: 그리움은 너에게로

내게는 우울한, 그대 떠난 빈자리에
봄은 오고, 달빛은 청명한데
활짝 핀 봄꽃 사이사이 그대는 보이지
않는군요, 어디서 어떻게 지내는지

좋은 시절 꿈같은 사랑, 바람 따라
몰래 스며든 분홍빛 촉촉한 6월의
화원도
아카시아꽃 눈처럼 흩날리는 눈물의
불꽃도, 그대 없는 빈자리는 산꿩 서럽게 우는 지옥 같은
슬픈 계절입니다

멱라수 굴원의 원혼 그리워 애타는
이백의 아픔보다 못하다 할지라도
절망의 체념, 매일매일 먼지처럼 부서져 내리는 당신 향한
그리움은,
멀리 썰물처럼 빠져나가는 텅 빈 밤이면
육신은 무너지고, 꽃과 나무 결별하는,
숨 넘어가는 수천 개의 절망에 울고
싶어도 눈물이, 차마 피에 젖은
눈물을 흘릴 수 없습니다

사랑하는 그대, 보고 싶은 당신이여
내 안에서 홀연 꿈 깨듯 일어나소서

싱그러운 새벽 입맞춤으로 내 참담한
죽음의 고통을 거두어 가시어
지옥에 떨어진 내 심장, 온 생의 숨 쉬지
못하는 떨림으로, 그대 꿈만 꾸는
내 시든 영혼 다시 피우소서

부족한 내 운명에, 어느 날 우연을
가장하며 깊숙이, 화인으로 박혀 든
사람

보고 싶다
너무 보고 싶다

은밀한 밤비 타고 소리 없이 와도,
바람 불어 파도치는 날 두려운 우뢰로
찾는다 해도, 난 침묵으로, 희망으로,
때론 터져 나가는 영혼으로 깨져도,
울지 않는 산으로, 비와 바람에 깎이는,
나부끼고 잠기는, 그렇게 고독한

원으로,
선으로,
점으로,
허공 중에 이지러진 포화로,

꿈을 꾸어도 만날 수 없는 보고 싶은
사람이여.

연서戀書: 나의 애인아, 사랑하자

산 푸르러
꽃 훨훨 불탈 때
인생은 꿈으로
행복으로
은빛 달 춤추고, 별 드리운
신비로운
비밀의 휘장처럼
감미롭고 아름다웠다
하늘 끝에서
차가운 바람이 불기 전에는

혜련아
내 사랑아
외로운 그림자
허망하게 남기고 간
나의 애인아

나는
심하게 울고 있다
떨어지는 낙엽과, 쓸쓸한 밤과
하루하루 사라져 가는
너와의 재회를 갈망하는 어리석은
희망이
내 슬픈 혼이,
찬 바람, 시린 달 아래
깊고 깊은 잠에 침잔한다

차라리, 소멸되어
태초의 암흑 혼돈 속으로 돌아가면,
오늘의 우리가 인연이 아니라면,
다시 태어나
날아가는 새로 구름 뚫고
계수나무 꽃 핀 가지 아래서 한 세월
사랑할 수 있을까,
그리워하지 않아도 될까

너 한 잔
나 한 잔
종달새와 더불어 학이 되어 춤추고
내 안에서 요동치는 사랑의 불길에
황홀하게 울고
애틋하게 웃고,

일생을
따듯한 마음으로, 오직 한 사람
나는 너를
너는 나를
가는 세월 잡지 말고
아쉬운 눈물 바람결에 흩날려
위로하자
기도하자
그렇게 사랑하자

아름다운 당신과 나.

연서戀書: 봄빛은 당신 가슴에

그대여,
달빛 비친 창 넓은
카페에서
야심토록 저미는 슬픔으로
전전합니다
혹여, 궂은비라도 떨어져 상사의 단장으로
펑펑 울지 모르겠습니다

바람처럼, 구름인 듯,
홀연 오셨다가
불현듯
좋은 인연 뿌리치고
하늘 끝 땅 끝으로 지는 불처럼
달려가신 당신

무정도 탓 못하고
야속도, 원망도, 서리서리 접을 수
밖에 없는
아름다운 당신

무얼 생각했나
그리움에 오매불망
잠 못 이룬 수많은 나날들 속에서,

설중매 눈부시게 희고
영산홍 화사하게 붉음도
부럽지 않은
내 사랑의 가녀린 추억이여

허공 중에 달콤한 치자향 빚어
마음도 생각도 사랑도
그렸다 지우고 또 그리고
펼쳤다 접었다, 땅 꺼지는 한숨 쉬다간
우는 눈물로
강을 이루고
외로움 그리움 첩첩으로
산을 쌓았나

다 허망한 낙조요
부질없는 상사의 가몽이다
사랑에 겨운 목메는 망연이다
내 검은 눈에 달빛 어리는 섧음이다

인연이면 올 테고,
기러기 날개 꺾고 새벽닭 울지 않으면
오지 않을 테지

푸른 하늘 별도 꺼지고
창밖에 내리는
굵은 빗줄기
사랑도 씻기고, 정도 쓸려가네

낮은 구름 뒤에 숨어 우는 춘풍아, 추풍아
피는 꽃 따라 가슴 베이고
지는 잎 따라 눈물 타거든
그 사람에게 전해다오

봄빛은 당신 가슴에.

사랑: 너에게 가다

너의 심장에서 시그널이 멈췄다

너는 죽은 것이 아니다, 외면한다

너는 어떤 노래도 부르지 않는다

너에게 골목길은 외로울 테니까

봄을 걷는 나는 감정이 죽길 원하지 않는다, 송편은 마트에 없다

발끝에 차이는 꽃을 괜히 무시하고 싶지 않다

있는 힘을 다해 닭의 목을 비틀어 네게 가고 있다, 모닥불은 새벽을 본다

운이 좋으면 빗나간 화살이 코앞에 추락할 것이다

혈관 속을 질주하는 자동차는 펑크 내며 주저앉는다, 벽은 없고

똥장군을 진 봄은 오늘도 여전히 아름다운데.

전錢

전錢에,
그 여자는 싸구려 모텔에서 당당하게
걸어 나왔고
횡단보도 건너 후미진
뒷골목에 세워둔
자전거를 타고
야릇하게 웃으며
도시의 외곽으로,
철길 건너 판자촌 안으로,
입구 작은 슈퍼에서 라면 세 개와
달걀 네 알을 산 뒤,
고무줄처럼 빨려 사라졌다

전錢은,
죽어가는 바위도 살리고
살아있는 천둥도 죽인다

전錢으로,
푸석한 백발은
윤기 자르르한 흑발을 사고
목욕을 모르는 원숭이는
사우나를 통째로 사들였다

전錢은 또,
봄 꽃을 겨울에 피우며
속임수에 진실의 옷을 입히고
하늘 나는 독수리 화장실에 가두더니
바다 가르는 배 사막을 달리게 한다

전錢에 울고
전錢에 웃고
전錢에 죽고
전錢에 살고

전錢아,
침몰하는 석양은 비껴가라
도낏자루 썩는다, 사립문 닫아라

전錢에 비바람 치고
전錢에 산줄기 꿰뚫리고

전錢, 전錢, 전錢,
아비어미 누울 명당은 없구나

전錢아, 울어라, 날 위해 울어라
밝은 대낮 도깨비

전錢에,
판자촌 그 여자는 싸구려 모텔에서
당당하게
걸어 나와서...

13월의 명예

"달콤한 독약을 꿈꾼다면
내게 와라.
비 바람과 번개가 그리우면, 또
내게 와도 좋다.
난 단것으로 위장한
속임수고,
행복을 빼앗는
악어의 눈물이며,
연약한 잔디로 덮힌 아스팔트의
봄이다."

미움이 사랑에게, 배신과 질투와
증오와 원망이 덜 푸른 신록과
덜 사랑하는 나에게,
눈부시면 좋을
13월의 햇살 아래서

멍청하게도.

은장도, 죽은 사랑 베다

억새꽃
머릿결 쓸어
주렴 밖 사립문 여노라

부평초처럼 떠돌던 뿔 박은 양 찾아들어
퍼렇게 날 선
은의 장도 스렁스렁 울면
난 아침 해 보지 못하는 가슴을 내어주어야 한다, 날 떠난 너에게

"선생님, 저는 사랑에 빠졌어요.
너무 아파요. 하지만 낫고 싶지 않아요."

선술집 처녀 베아트리체에게 반해버린 순진한 청년 마리오가
시인 네루다를 찾아가 도움을
청한 것처럼
한 여인과의 사랑을 통해,
시를 통해
삶의 아름다움을
다 알아가지는 못했어도
난 널 사랑했으나,
넌 날 떠났다

이제는, 심장을 칭칭 감은
차가운 외로움을
베어야 한다

선홍빛 피멍울로, 사랑의 밀어로, 아름다운 그리움을 전부 토해
다시 날, 빗나간 가을을 사랑할 수 있을 테니

미안하다, 묵은 그리움아
용서해라, 가을빛 진실아

스산하게 일렁이는 황혼 녘 솔개 날개바람에
널 닮은 감꽃은 떨어지는구나

아득한 희로애락 한줄기 숨소리로
월하 독작에
달무리 흩어지듯 취해
쓰러지노니

물처럼 구름처럼 그리 떠돌고 사랑 하고

은의 장도
스렁스렁 울어
푸른 하늘에 흩어지는 꽃이 되자

내 죽은 사랑 베어.

내 키스의 속임수

젊음에 취한
내
어설펐던
짧은 사랑아,

달콤한
치자향 불꽃에
눈물 앗아간
꿈이여!

한때, 눈부시게 빛나던
장밋빛
빰은
여우비 스쳐 가고
치근덕거리는 잠결에
꿈결 타고
날아온
수줍은 노을, 돌아서라 한다.

가려거든 가라, 다만
가슴과
혈관 사이에
숨어있는 내 안의 너라면
키스는
거절하지 않으리
짧은 부싯돌
불꽃으로!

요한이
감금되어 있는
우물
위에서
헤롯의 조카
살로메가
추는
일곱 베일의 춤처럼,

베일을 하나씩
벗어가는
숨 막히는 관능적
사랑에
나의 광적인
욕망은
슬픈
네 순결을 이기지 못했다.

분노를
기쁨으로 바꿀 시간이다
우리 사랑이
끝났어도
폰테 베키오 다리에 올라
아르노 강에
몸을
던지지 않으리.

가려거든 가라
다만,
가슴과 혈관 사이에
숨어있는 어설픈 죄책감으로
금과 꽃으로 장식된
새와 꽃 사이 뻘 씻은 진주조개
애달픈 노래로 널,
위로하마.

홀로 뜨겁게 사랑했으니
뒷모습 보인다고
낯선 곳에서
번개 치는 운명으로 바뀌지 않겠다.

저 바다 끝 위로
비 개인 무지개 뜨면
넌, 그냥
월계관 쓰고 화사하게 웃어라.

감히 말하노니,
자규새 우는 달 밝은 밤
송죽 떠나지 못하는
추풍처럼
공기 한 모금
티끌 하나에
분홍빛 립스틱 바른
유두의 심정으로
흔들리는 갈대
오묘한
저항의 의지 빌어
강호에 다시 봄이 들길 갈망하며,

청산을 비추는
삼경
밝은 달아
나의 능라비단
물든
계곡을
번쩍이는 섬광과
거짓으로 우는 비통함과
부도덕한 천사로 울지 마라.

나의 고뇌는,

거짓,
배신,
속임수다!

5월과 장미 그리고 사랑과 나

나부끼는 꽃잎, 치닫는 봄바람아
이화 반짝이는 달빛 속 나는 눕는다
풀 끝 위에 부서지는 밤의 모닥불로
그대 가슴에 던져진 봄을 즐길까 한다

얼마나 아름다운가 사랑에 찔렸으니
은하수 거니는 외로운 내 그림자여
앵두빛 키스, 너무 취해 죽어가는 별로
너의 묘한 매력을 사치스럽게 안는다

빛의 꽃 비밀스러운 사랑, 너 절정이여
램프의 흐린 불빛 은의 왈츠로 춤추고
멀리 새벽 빗발 내 가슴 향기로 뜨면
떨어지는 밤, 흩어지는 꿈, 사랑이어라.

눈동자

시작

너는 두터운 어둠이 네 등골을, 뒤틀리는 네 어깨를 짓누르면, 그의 방을 들여다보겠지 뜬금없는 신혼의 불 밝혀진 신방을 은밀하게, 붉은 눈동자

나는 꽃잎 날리는 매화나무 아래서 휘파람 불며, 그녀의 첫날밤을 용서할 테고, 바람 불어 가슴 한 곳 천공에 아린 눈물 냉정하지 못하겠만, 붉은 눈동자

너는 그렇게
나는 이렇게 증오하고
사랑하고...
끝.

꽃은 피고 꽃은 지고

먼 산에 핀 꺼진 듯 꺼진 초승달은
밤을 거니는 내 여자의 향기로,
낭랑한 내 그림자 푸른 바람 사이로,
요염하게 달아나 버렸다
매정하게, 황홀지는 허기로,
외로운 거짓말로 그렇게 널 잠 깨우고
눈 속의 매화는 흩어져 목이 메고.

사랑에 목숨 건 노르마의 적홍빛 입술은 똑바로 걷지 못하는
내 순수와 욕망보다 예쁜, 종달새 노래로 불꽃을 생성하고
소멸하고
그렇게 널 피우고.

너는 꽃이 되고,
나는 산이 되어 고요는 깨졌다
폴리오네여, 어느 곳으로 꽃을 보러 갔나?

내 안에 너무 깊숙이 들어와 잠자던, 게으른 어느 여름날의
파도처럼
내 걸음 멈추어 보아라
흰 벗 붉은 진달래야!
열광의 구석진 길가 떠도는 사랑아!

네가 보고 싶다
서러워 날 보고 네가 웃지 않는다면
선잠 속 꿈 네 모습에도 심장은 붉게
울지 못한다
처연의 빛, 비밀의 발걸음 무거운 장미여!
바람 치는 대로 함께 떠도는 사랑아!

꽃은 피었다
갈매기는 별을 따라 술에 취하면 겉치장 벗어던지고,
백발은 타관의 외로운 등불 아래서도 꿈속을 거닐며
한 걸음 두 걸음 세 걸음, 곡식 빻는 아내
소 먹이는 아이 곁으로 다가가네
연기처럼 흩어지지 않는 사랑으로!
환한 햇살과 밤의 별빛 희망으로 떨리는
사랑으로!

꽃이 피고, 꽃이 지네
나의 입맞춤이 네 비밀을 흔들고, 나의
가슴속 감춰진 햇살이 침묵을 깨고
환하게 밝아 올 때, 내 여자의 슬픈 울음에 긴 주렴 드리우며
봄이 돋아난
청산의 옛 등걸은 꽃이 짐을 서러워하는 것이 아니라,
다만 외로운 잔을 들어
하소연할 안개 없이 맑은 달밤의
기러기 날아 오름이다.

꽃이 지네, 사랑도 지네
부질없는 욕심이, 바보 같은 생색이,
어두운 벽에 가로막혀
바람도 술도 벗도 여닫지 않는 사립문 안에 갇혀 신음한다
고운 버들가지 날리듯 향기롭던
내 사랑은 멀리 날아가고 비구름만
어둡고 낮게 깔린다
비바람 치는 새벽이 왔다.

꽃이 지네, 사랑도 지고, 나도 지네
저 푸른 하늘의 황혼은 누굴 위해
고요히 퍼지고, 사랑은 슬프며, 서리 내린 외로운 그림자
애잔함은
무엇으로 아름다운가?

스쳐 간 호시절 잡을 수 없지만
무거운 술기운이 오히려 내 소맷자락
붙들고
문득 멈추어서 고개 들어 보니, 말로는 다 표현할 수 없어
라.

달은 떠서 서리 내리듯 하얗고
날새들 짝지어 다정하게 날아가고
붉어 고운 낙엽 물 위에 아득히 떠가고,

무엇으로도 채우지 못하는 삭아가는
청춘과 기다려주지 않는 곪아버린
세월의 덧없음 위로
내 여자의 환한 미소와 따스한 손길과
그리운 사람, 보고픈 얼굴, 아름다운
기억들이 피었다 지고 피었다 그렇게
또 지는구나.

하늘빛과 바람 물결과 청산의 꽃과
떠나는 세월에 오락가락 찢어져
비에 쓸리고 들의 잡초에 쌓이고,

다시 한번 아침이 밝아오면
눈이 백 개 달린 신, 아르고를 피해
어둠 속에서 일어나리라
명예로운 침묵으로 기도하리라.

하늘에 다시 새벽이 오길.

벚꽃과 벗하여

문득 삶이 낯설 때,
좌절된 꿈, 운명의 회오리가 닥쳐올 때도,
질긴 인간의 연줄은 돌고 돌고
벚꽃과 벗한 달밤 아래
연약한 나비도
바람 타고 돌고 돌고

너도 정을 노래하며 돌고 돌고
나도 널 그리며 술 취해
돌고 돌고 또, 도는가

비 개인
하늘 길 열려
꽃빛 화사해 돌고 돌고 돈다
너도 나도 모두 돌다 보니
흐릿한 구름 연기
다정한 봄바람에 돌고 도는 인연
새싹에 갈리고
나는 거의 죽어간다

흰 벚꽃에 황홀 져
달빛 경련하는 그 향기에 비틀거리며
똑바로 걷지 못하는 내 그림자
외로워라

말로 하지 못할
사랑아
푸르게 범람하는 봄날아
심산 고찰 영롱한 종소리 들리는
아침에
벚꽃 품어 그윽한 기쁨아 너도,
술렁거리는 빗발에 젖는 고운 벚잎 향기야, 너도

오늘도 돌고 내일도 돌고,
너는 웃고, 나는 울고.

애인의 조건

토리라는 애칭보다
자올, 혹은
진이라 불리기를 좋아하는
애인이, 나의 애인이, 나의 예쁜 애인이
재바우라 자칭하는
큰솔 향해

당신은 내 마루로, 별하로,
미리별처럼, 누리봄 되길 원하지만
만약 달빛이 물 같고,
생각이 숲 아래 나신의
잠자는 미녀를 떠올리지 않는다면
뜻으로 매화 등걸에
봄을 피우고
흥으로 이녘의 밤을
지배하게 해 주면 즐겁겠소?

어제의 조건이고
오늘은
계속 진행 중...

시시비비

너는 눈을 떠라
나는 눈을 감는다
너도 보고 나도 본다

너는 빛나는 껍데만 보아라
그리고
오해와 불신의 늪에 헐떡여라

나는 소리 없는 향기를 보리라
그리고
고요하고 평안하리라

하늘의 뜻에 사람이 시비일세.

가족

그렇게 온 봄은 꽃과 나비와 벌의 합창으로, 가족의 이름으
로 싸우고 다투고
사랑이, 정이, 엎어지고 쌓이고
느닷없이 떨어진 가볍고 무거운 쇠추
풍랑 위에 누워 가족이란 시를 쓴다
늙고 젊고, 아이와
아이의 닿은 손끝, 연을 띄우고
바람을 타고 바보 같은 기도와 아쉬운 몸과 몸의 온도는
목이 메고 떨리고
바닥에 떨어졌다 솟구치는 심장, 울다 웃다,
겹겹의 꽃잎으로.

한국인의 밥상: 겸손

숟가락이
젓가락에게 물었다
우리 일심동체 맞지?

젓가락은
숟가락이 밥을 뜨자
반찬을 집으며,

밥과 반찬이 먼저지.

길

길에는
바람이 불지 않는다

길에는
두 새벽이 나란히 걷지 않는다

세월은
길을 기다리고

세월은
길에 꽃을 피운다

길을 걷는 당신이
세월에 날리는 먼지일지라도

인생은
걸어오라 한다

지금 당신이 서 있는
그 길이

깨지 않는
봄꿈이라도

가을 스쳐가는
짧은 시간이라도

청산은
끝없이 걸어오라 한다

슬프다, 굽거나
비틀어진 길아

한 조각, 늦단풍에
외로운 세월아

궂은비에도
버들잎은 청명하거늘

눈이 있어도
보지 못하고

귀가 있어도
듣지 못하는 난, 너는,

눈 속에도
홀로 피지 못하고.

비 온 뒤 바람 불고

옷을
벗었다.

매서운 망상이다.

어두운 골목
빠져나가는
묵혀있던 변덕이

긴 꼬리 더듬어
잠자는 새로
달빛 창 기어오르고,

아양 가득 차 있는
암컷 허리통에 부풀어
숨는

필멸자!

훤한
신장로
갈리 우는 햇빛

삶에 처절하라
했건만
엷은 단장하고

한 걸음
내디딜 때마다
독가시 날려 치마 속을 사냥한다.

어제처럼
고요하고자 하나
골목 밖은

쫓기는 년과 쫓는 놈뿐!

그래,
벗은 옷 다시 입고
인간과 식물의 매혹적인
혼종
자이라의 장미 네 5월의 봄으로

혹은,
달빛 부서지는
변절자의 영광으로
꽃 하나가
백일 감이 아닌

작은 꽃들이
연속적 피는
백일홍의 교묘한 착각에 가려
붉어진 들길
돌고 돌아

매화나무 떠나지
못하는
휘파람새로

차라리 몇 번의 겨울 버텨
밤의 모닥불로
범람할 테다.

꽃, 별, 사랑

꽃이 피었습니다
그녀가
예쁘게 화장합니다
그 사람에게
꽃보다 더 이뻐 보이려고.

별이 반짝입니다
가슴이
두근두근 설렙니다
그녀의 두 눈에
내 사랑도 반짝일 테니.

자아, 그 혼란의 에고 ego

어디로 갔나
내 암담한 의식과
관념은,
막 나가는
또 다른 타인의
게으른 자아로
그늘진
툇마루에
엎어져 누웠나?

보고 있는가
내 인식과
행위의 주체로
그 많은
나비의 단잠은,
매미들의 떼창 속
허물어지는
또 하나의 에고 ego.

땅에는
없는 길
저 높은 공중에 있고
몇십 리
건너뛰어 있는
낡은 등잔
문 밖의
한뎃잠 흔들어
적바림이라도 한다면

나,
병든 고목 옆에서
까칠하게
멋쩍은
술잔
기울이기라도 하련만.

비와 그리움

비가
내립니다
당신이 떠난
그 비입니다

양철지붕
위로
빗소리가
울먹입니다

가슴이, 가슴이
멍듭니다
내 안의 그대
그리움으로 지쳐갑니다

자꾸자꾸
무너져 내리는
눈시울과 목젖이
뜨거워

우산 들고
밖으로 나갑니다
그대와 나란히 썼던
빨간 우산입니다

잠자는
찔레꽃 향기
너머로
흔들리는 사랑

이 빗속에 난,
별과 같은 추억 씹으며
울어야만 하나요
밤새워...

가을, 내 안의 그대

저
멍든
빈산에
갈 바람 불어
내 마음 흔들면
푸른 달 속에 비치는
그대 그림자 낙엽에 쓸려
허망이 지워질까 두려워 웁니다

나,
좋아한다는 말
사랑한다는
말은
하지 못했어도

당신,
가을이 와 갈바람 불면
한잔의 따듯한
커피
함께 마시고 싶은 사람

사랑이
뒤엉킨 슬픈
인연이라 하지만

사랑이
죽어도 좋을 특별한
운명이라 하지만

내 안의 그대
셈하지 못할 당신

갈 바람
쓸쓸히 불면

허둥대는
짧은 사랑으로

미안
미안하고
미안합니다

잡은 당신 손
놓지 못해

바보 같은 사랑으로
그리워해서...

사랑이었다, 그게

네게
첫눈에 반한 날
언제 고백할까 망설였다

내게는
너무 귀엽고
사랑스러운 사람

왜
너 일까
사랑의 포로가 되고 싶을까

네 눈동자
아롱다롱 빛나는
아롱별

휘날리는 네 검은 머리카락
예쁘고 아름다운 날개
아련 나래

네 선홍빛 입술
진달래처럼 곱고 예쁜
진이

네 순결한 눈동자
푸른 물이 가득 흐르는 맑은 시내
푸르내

그리고,

서곤 씨
날 부르는 네 목소리
첫눈처럼 설레는 영롱한 미리별

이런 네게
나비 되어 안기고 싶은 마음
사랑이었다, 그게

이 환한 봄날에.

내 여자의 남자

내게
보이지 마
네 뒷모습만은
네게서 낯선 남자
향수 냄새가 나는 건 싫어

알고 있니
밤하늘 저 많은 별빛
눈부시게 쏟아지는 꽃밭에서
우리, 사랑해!
불의 입맞춤으로 맹세했지

라일락 꽃향기
네 머리카락 뒤로 날려
위험한 행복, 아름다운 두려움에
겁먹었을 때도
나의 추억은 버려질 줄 몰랐다

날 채운
네 족쇄는
황홀한 장미의 붉은 잎,
머릿속 하얗게 태우는
수천 개 바람소리로
산울림 될 때

손 내밀면
닿을
촛불 앞에 두고
넌 너무
쉽게 말했어
우리 이제 그만 만나!

이별은 두렵고
슬프게 버려짐도
너무 아프고 겁나지만
네게
낯선 남자
냄새가 나는 건 정말 싫어

내게
보이지 마
네 뒷모습만은,
내 마음
두 번 부수지 마.

엽서, 그대의 이름

나, 불현듯
그대에게
나부끼는 잎새
슬퍼
엽서 한 장 띄웁니다

인생에
비 한번
바람 한번
노을 한번
가시밭 풍파로,

인생에
담쟁이 벽 오르듯
아름다운 뒷모습 꽃과 같듯
흔들림 끝에도 말 없는 사랑이듯
이름 없는 자잘한 행복으로,

멈추지 않을
지난날의 시간과
살짝 열린 문틈으로
날아드는
푸른 나비 술래놀이로,

커피 한잔과
작은 우체국 지붕 위로
붕 떠오른 달과
사진관 창문 밖 비췻빛 햇살
조용히 바라보고 있는 당신과

추억을 함께 나누는
낭만적 친구로
첫눈 기다리는 다정한 연인으로
우리 서로에게만은
솔직한 성숙이고 싶습니다

나, 불현듯
그대에게
엽서 한 장 보냅니다
말없이 스쳐 멀어져 간 그대 이름
자꾸만, 자꾸만, 불러 봅니다

붙잡지도 식히지도 못할 당신에게.

우문에 무답이로세

천지의 조화는
시작과 끝도 없이
오묘하여

봄바람에 벼락이
산을 깨도
푸른 새벽은 영원하고

흔들리는 저 파도를
잡기도 하고
밀기도 해 보고서야

꽃을 희롱하면
향기가 코끝 가득 밀치고
들어옴을 안다네

풍월 심히 고단하던
지난날
백설 빈산에 있을 때

민해의 성난 물결 위
떼 지어 나는 갈매기 비추던
샛별

사향으로 가린
뱀의 혓바닥
물어

빛을 빼앗는
어둠을
벗고

어둠을 소멸시키는
안개와 노을
바람과 달로

암컷을 유혹하는
수컷 가시고기
사랑의 춤을 추더니

은밀한 깊은 골짜기
난초 홀로 그윽한 향기 발하듯
어두운 산천 밀치고

황혼은 지났으니
새벽은 오겠지
야릇한 빛깔의 공포 위로하며

어느덧
한 줄기 미풍에
가볍게 나는 꽃잎으로 묻는다

마른 땅 위는
하늘인 것을 알겠다만
기름진 하늘 위는 또 어디인가?

진실의 눈

사랑에 높고 낮음
귀천이 없거늘

참된 사랑이
평범함에 가려져

시선 받지 못해도
서운해하지 마라

푸서리는
껍데기에 집착하고

진실만이
진실을 알아본다.

내게 사랑은

인무십일호人無十日好,
기쁘고 좋은 일은
10일을 넘지 못한다 하시나요
그렇지 않습니다
제 사랑은 시작만 있고
끝없는 행복으로 머뭅니다

화무십일홍花無十日紅,
향기롭고 붉은 꽃의 아름다움은
10일을 넘지 못한다고요
잘못 알고 계십니다
제 사랑은 영원토록 붉고
향기롭습니다

월만즉휴月滿卽虧,
달은 차면
기울지만
제 사랑은 그 넓고 깊음을
헤아릴 수 없으니
언제나 넘쳐도 좋습니다

권불십년權不十年,
그렇습니다
허망한 권력이 좋다한들
그 또한 10년을 넘지 못하지만
제 사랑의 힘은 천지의 창조부터
완전한 소멸 이후에도
변함없이 존재할 것입니다

누군가가 그러더이다
월궁항아
절세미인 양귀비도
나이 들면 늙어 이쁨이 사라지니
아름답고 화사하다
자랑하지 말라 하지만

제 사랑은
늙지도 지지도 않으며
꽃으로 피어 이슬에 머물고
바람에 씻기어 달빛으로 치장하니
무에서 유로
유에서 무로 오고 갈 뿐

제 사랑은
윤동주의 별 헤는 밤의 시처럼
영혼의 별로
가슴속에 새겨져
끝없는 공간 속에 돌아가는

처음으로부터 처음까지.

섬진강의 봄

수유 꽃
봄빛에 화사한 날

고정에 높이 올라 섬진강
굽어보니

남도의 저녁노을
손안에 있고

내게로부터
먼

방울지지 못하는
그리움

샛노란 꽃 향기만
희롱하네.

내 자유를 향한 저격

홀연히 빈손 되어
삿갓 비스듬히 쓴 나그네로 술 깨어
떠날 때,

흔들리는 봄에
버들치 흥이 절로 일어
물피리 부는 대숲에 눕고

은발 드리운
청천의 저 높은 구름은
어디에서 와 어디로 흘러가는가

빛나는 금발 풀어
무지개 은하수 치밀어
허리 벤다 한들

울려거든
웃지 말거나
달리려거든 눕지나 말 것이지

그늘진 언덕
시든 풀
실같이 풀어

푸른 시냇물
깃발 휘날림은
이 몸 더러 어찌하란 말인가

접동새 슬피 울 제
석양은 줄지어 우는
철쭉 밟고

춘풍에 달빛
꽃잎 위 노닐다
난 네 침묵에 길 멈추고

날 사로잡는
네 거친 사랑에
달콤한 꿈속에 허우적거릴 즈음

밤낮으로 그치지 않는
노을로
꽃을 피우다 보면

산마루 넘나드는 흰 구름 타고
흩뿌려지는
애잔한 류트 소리에

왠지 불길한 예감 드는
이 오월의 성숙이
허물어지지 않을 것 같음은

창녀가
성녀가 되고
수도사가 욕정의 화신이 되는

무희 타이스와
젊은 수도사 아타나엘의
비극이 부른 또 다른 비극처럼

마음대로 할 수 없음이
한 세월
편안한 삶이고

뜻대로 안되는 것이 차마
놓지 못하는
미련인가 보구나.

불변의 언약

나는 널 아끼고
너는 날 사랑하고

나는 네게 거짓 없고
너는 내게 헌신하니

하늘이 무너져 내리고
땅이 꺼지지 않는다면

변치 않을 사랑에
꽃이 지리까.

사랑 날 그리다

김서곤 시집

초판 1쇄 : 2018년 7월 27일

지 은 이 : 김서곤

펴 낸 이 : 김락호

디자인 편집 : 이은희

기 획 : 시사랑음악사랑

인 쇄 : 청룡

연 락 처 : 1899-1341

홈페이지 주소 : www.poemmusic.net

E-Mail : poemarts@hanmail.net

정가 : 10,000원

ISBN : 979-11-6284-027-6